Para Sadie y las enfermeras del Pabellón 3

Primera edición en inglés: 1978
Primera edición en español: 1993

Coordinador de la colección: Daniel Goldin

Título original: *Emergency Mouse*
© 1978, Bernard Stone (texto)
© 1978, Ralph Steadman (ilustraciones)
Publicado por Andersen Press Ltd., Londres
ISBN 0-905478-31-2

D.R. © 1993, Fondo de Cultura Económica, S.A. de C.V.
Carr. Picacho Ajusco 227; 14200, México, D.F.

ISBN 968-16-4033-0

Impreso en Singapur
Tiraje: 7000 ejemplares

Operación Ratón

**Un cuento de Bernard Stone
ilustraciones de Ralph Steadman**
traducción de Catalina Domínguez

LOS ESPECIALES DE

A la orilla del viento

 FONDO DE CULTURA ECONÓMICA
MÉXICO

Era medianoche. El pabellón estaba oscuro y en silencio. Todos los pacientes dormían profundamente, excepto Enrique.
Él se hallaba en el hospital porque lo habían operado. Su cama era muy cómoda y calientita, pero el dolor de su quijada lo mantenía despierto.

Trató de pensar en las cosas que más le gustaban.

Entonces se acordó de "Blanco", su ratón mascota. El día que Enrique ingresó al hospital, el ratón estaba muy enfermo. Enrique confiaba en que su mamá lo estuviera cuidando.

Enrique extrañaba a su mamá. Se volteó de lado y trató de dormirse. Precisamente cuando estaba cerrando los ojos, advirtió varias lucecitas encima de unas pequeñas puertas en la base de la pared.

De repente, se abrieron las puertas y aparecieron unos ratones vestidos como doctores y enfermeras, empujando una gran cantidad de camas que acomodaron en filas. Enrique no podía creer lo que veía, se asomó por el borde de su cama para ver mejor.

Los ratones ocuparon el hospital durante la noche, y establecieron su propio pabellón con un cirujano, doctores y enfermeras, que se ocupaban de los pacientes.

Ahí estaba el ratón Gordinflón quien, por supuesto, se había excedido de peso. Le impusieron una dieta líquida y el doctor dijo que pronto se pondría mucho más delgado.

En la siguiente cama estaba el ratón Dientón. Había
incursionado en una dulcería y ahora estaba esperando a que lo
viera el dentista.

El pobre ratón Cojo no había sido lo bastante rápido y un gato lo había atrapado. Pero estaba aprendiendo a caminar con muletas.

El ratón Tropical había llegado del extranjero, viajando de polizón en un barco. Tenía una rara enfermedad tropical. Era el ratón más amarillo que se ha visto.

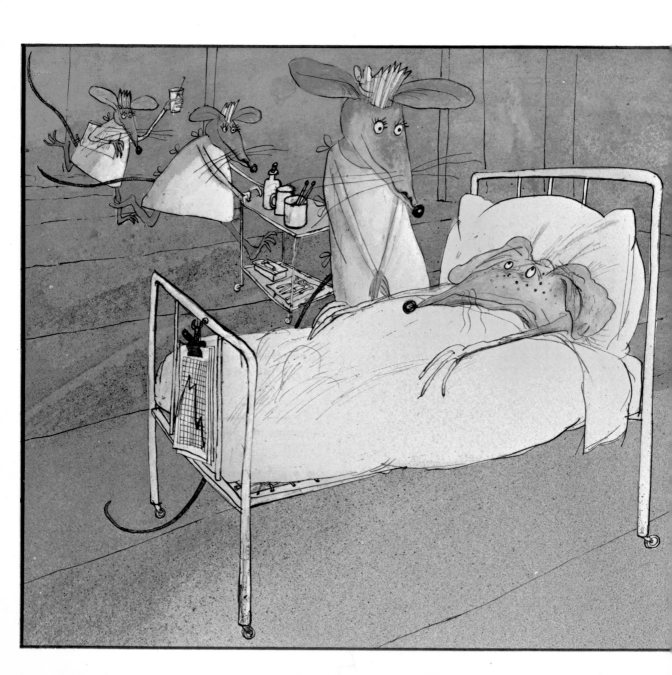

El ratón Quejumbroso había regresado. Constantemente entraba y salía del hospital. Pensaba que tenía todas las enfermedades del diccionario médico. Los doctores lo dejaban quedarse unos días y luego lo enviaban a su casa.

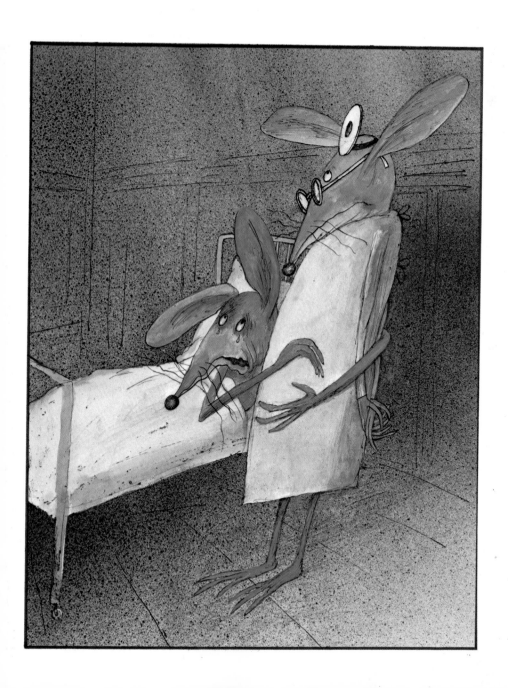

—¡Aquí hay una emergencia! ¡Llévenlo a la sala de operaciones inmediatamente! —dijo el ratón cirujano. Era el ratón Campeón, el osado ladrón de quesos, a quien finalmente habían cogido con las manos en la masa; lo traían con una trampa para ratones que prensaba firmemente su cola.

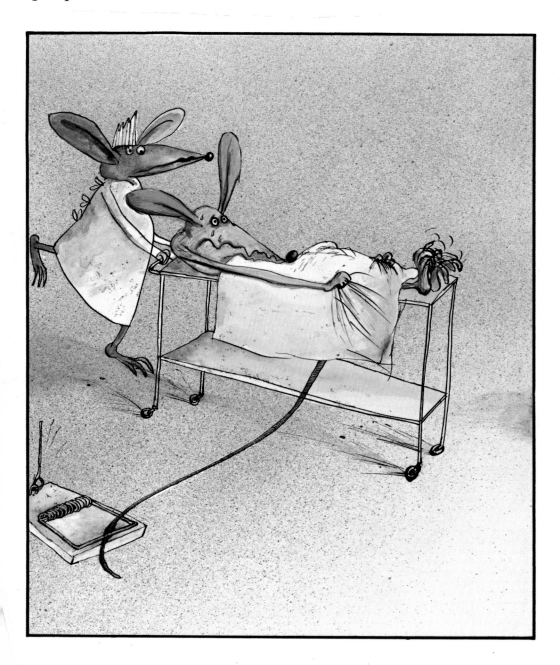

—Anestesia —pidió el ratón cirujano, y la ratona jefa de enfermeras colocó un gran pedazo de queso bajo la nariz del ratón Campeón, quien de inmediato se durmió.

Rápidamente liberaron su cola de la trampa y la entablillaron.

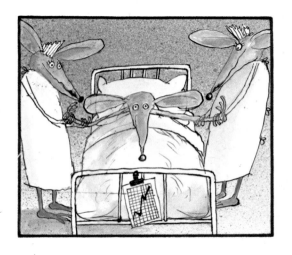

Cuando despertó se encontró en el pabellón, en su propia cama, y dos ratonas enfermeras lo sujetaban de las manos.

El ratón Campeón se recobró muy pronto. Estaba impaciente por ir nuevamente tras ese rastro de queso.

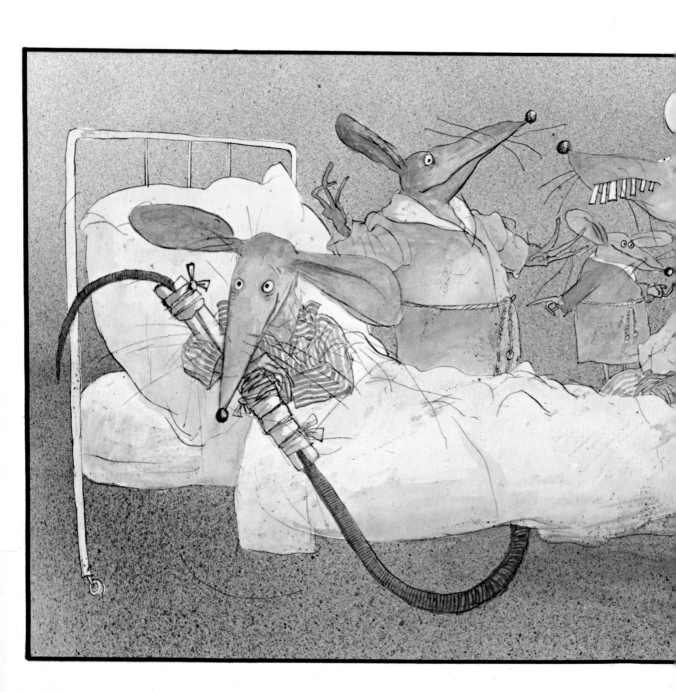

Mientras los pacientes se reunían alrededor de su cama, el ratón Campeón de pronto dijo:

—¡*Shhh!* Escucho el ruido de pisadas. Debe ser de mañana. Apresúrense, metan todas las camas de vuelta. Yo me cercioraré de que todo quede limpio y ordenado.

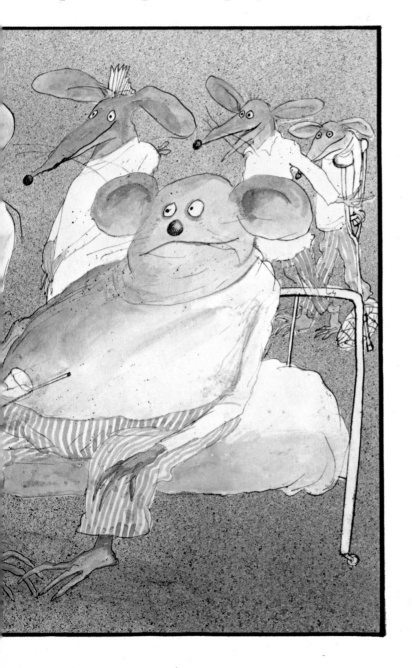

Se puso su bata de cuadros roja y
corrió por todo el pabellón, pero
su carrera fue interrumpida por
un enorme monstruo ruidoso que
se dirigía hacia él.

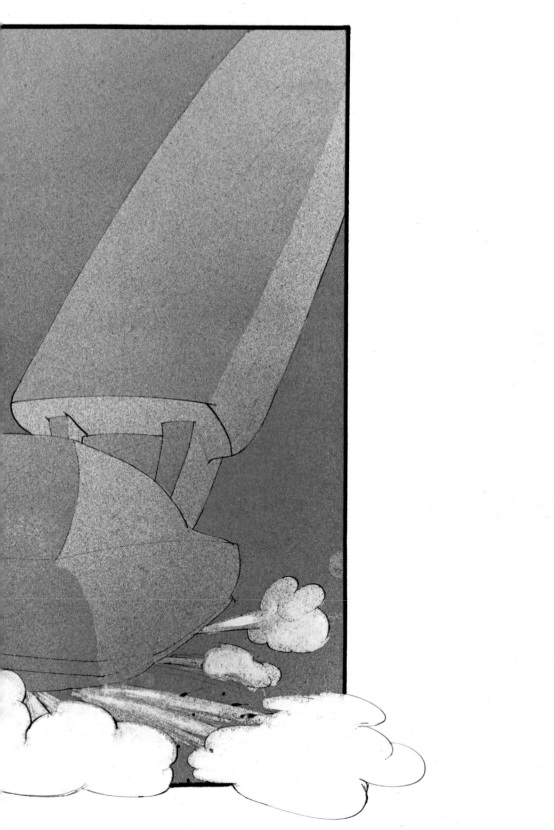

Saltó fuera de su camino
sólo para chocar contra
una escoba recargada
en la pared.

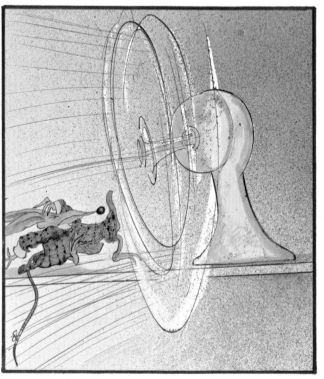

Trepó por el palo de la
escoba y al llegar al alféizar
de la ventana, una ráfaga de
aire casi lo hizo salir
volando. Habían conectado
un ventilador.

Después encendieron un radio y los sonidos lo desconcertaron. Debía escapar antes de que fuera demasiado tarde.

Bajó deslizándose por el palo de la escoba, pasó por debajo del carrito del té y rodeó un cilindro de oxígeno.

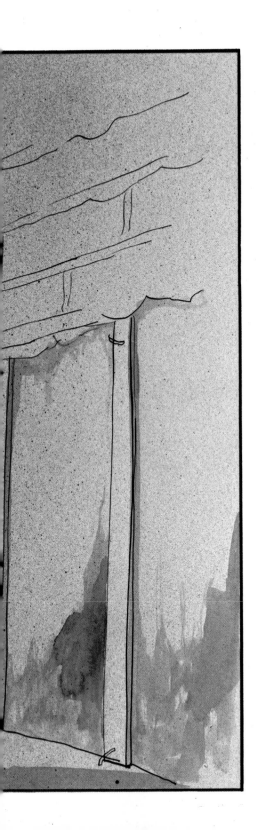

Sin aliento llegó a lugar
seguro, una vez más detrás
de la pared, junto con los
otros ratones.

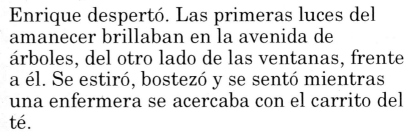

Enrique despertó. Las primeras luces del amanecer brillaban en la avenida de árboles, del otro lado de las ventanas, frente a él. Se estiró, bostezó y se sentó mientras una enfermera se acercaba con el carrito del té.

—Buenos días, Enrique. ¿Dormiste bien? —le preguntó.

Enrique echó una mirada a la base de la pared, sonrió, y respondió:

—Sí, gracias, enfermera, dormí muy bien, muy, muy bien.

—Qué bueno —sonrió ella—, porque el doctor dijo que estabas mejor. Tu madre habló por teléfono y te envía saludos. Vendrá para llevarte hoy a tu casa. Le prometí que te diría que también tu ratón blanco está bien otra vez.